LE SOLDAT SAIT MOURIR !

E PEUPLE SAIT PAYER

A qui le Profit ?

PAR

LOUIS MIE

AVOCAT.

PÉRIGUEUX

PRIMERIE CHARLES RASTOUIL, RUE TAILLEFER, 14.

1869.

LE SOLDAT SAIT MOURIR!

LE PEUPLE SAIT PAYER!

A qui le Profit?

PAR

LOUIS MIE

Avocat.

PÉRIGUEUX

IMPRIMERIE CHARLES RASTOUIL, RUE TAILLEFER, 14.

1869.

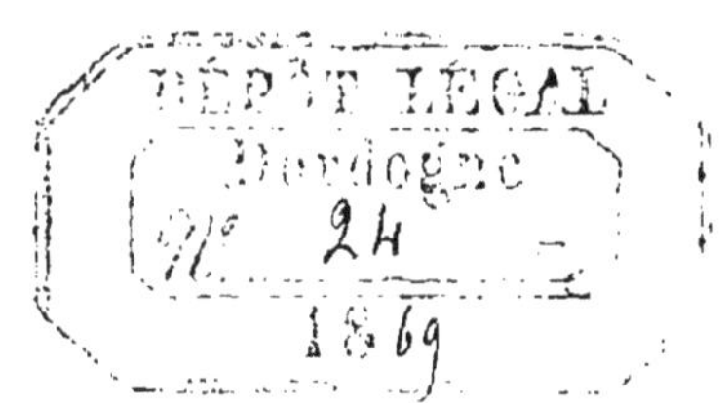

A CLÉMENT DULAC.

Mon ami vénéré,

En 1849, le département de la Dordogne vous nomma représentant du peuple.

Lorsque vous avez accepté ce mandat, vous en avez compris toute la grandeur ; pour vous, représenter le peuple, c'était lui offrir sa vie.

Le 4 décembre 1851, avec Baudin, Brillier, Bruckner, de Flotte, Maigne, Malardier et Schœlcher, vous étiez debout sur la barricade devenue le piédestal du droit. — La mort vous respecta, l'exil vous prit.

Dans quelques jours, la Dordogne va choisir encore ses députés, — on ne les appelle plus les représentants du peuple ; — à ce moment solennel où chaque citoyen doit envisager l'avenir et travailler à le faire meilleur que le présent, j'ai eu la pensée d'écrire ce que vous allez lire.— Veuillez en accepter l'hommage.

En vous l'adressant, je ne sais vous dire qu'une chose, c'est que je vous embrasse comme je vous aime, — de tout mon cœur.

Louis MIE, *avocat.*

28 avril 1869.

A mon voisin Jean Patience,

laboureur et forgeron.

Dans quelques semaines, tu vas choisir ton député. As-tu bien réfléchi à l'acte que tu allais accomplir? Sais-tu ce qu'est un député? d'où il vient, et quelle mission tu lui donnes en le nommant?

Il y a vingt-deux ans, en France, dans le pays du bon sens, ceux-là seuls qui étaient riches avaient le droit de choisir un député ou de l'être. Lorsqu'on avait le bonheur de payer à l'État deux cents francs d'impôts, on choisissait ; lorsqu'on était capable de lui en offrir cinq cents, on pouvait être choisi.

De cette sorte, l'homme heureux, l'homme à la bourse pleine avait un protecteur; quant aux trente et quelques millions d'ouvriers, de cultivateurs, d'humbles commerçants, d'instituteurs, de propriétaires modestes, la nation, en un mot, ils attendaient, respectueux, que les intérêts des riches fussent assurés.

Un jour, ils s'impatientèrent d'attendre, sûrs que rien ne viendrait pour eux; et, comprenant que les déshérités avaient tout au moins autant que les favorisés de la fortune le droit d'être défendus, ils dirent : — Nous voulons voter !

Jamais ! leur répondit-on ; car c'est toujours ainsi que répondent les gouvernements la veille de leur départ.

Le lendemain du jour où ce mot imprudent s'était fait entendre, la nation se leva irritée de sa longue patience, et son souffle jeta par-delà les frontières le Roi qui avait osé dire jamais; quant à la chambre des privilégiés, on n'a jamais pu savoir ce qu'elle devint.

Ce jour-là, voisin, se nomme le 24 février 1848 ! C'est la date de ton émancipation, c'est celle de la naissance d'un peuple : salue-là plein de respect, car elle t'a donné le suffrage universel !

Le suffrage universel, c'est le droit, pour le plus humble, de donner son avis au gouvernement, son serviteur, et de lui signifier au besoin sa volonté ; c'est le moyen d'exprimer ses souffrances ou sa misère, ses désirs ou ses craintes ; c'est la faculté de dire au chef du pouvoir exécutif, qu'il s'appelle Empereur ou autrement : L'argent que je t'envoie est mal employé, tu ne l'auras plus ! le sang de mes fils est inutilement prodigué, je les garde !

Le suffrage universel, c'est la vie sociale donnée à tous dans l'intérêt de tous ; c'est, pour la nation, le droit de vouloir et de pouvoir.

Autrefois, lorsqu'il était las d'un régime qui le ruinait ou qui le déshonorait, le peuple prenait le fusil, descendait dans la rue, et, mettant la violence au service du droit, il tuait ou se faisait tuer ; s'il était vaincu, les transportations, l'exil, la prison ou la mort effaçaient les traces de sa lutte ; s'il était vainqueur, on lui tressait des couronnes, on baisait ses mains toutes noircies de la poudre libératrice, et on s'inclinait devant le triomphateur souverain.

Puis, les gens habiles lui reprenaient un à un les fruits de sa victoire. Confiant, il s'endormait satisfait d'avoir manifesté sa puissance et se réveillait pauvre et dépouillé comme avant le combat, sauf à se faire rebaiser les mains vingt ans plus tard. La fatalité semblait devoir éternellement détruire les œuvres les plus respectables de sa force.

Aujourd'hui, voisin, tes frères et toi n'aurez plus besoin de fusil : vous avez une arme qui porte mieux et plus juste lorsque la raison la dirige, cette arme, c'est le bulletin de vote.

Pour le conquérir, la France a fait trois révolutions, épuisé trois générations. Cet humble morceau de papier que tu déposes dans l'urne a coûté aux républicains qui te le donnèrent plus d'années de prison que ta vigne n'a porté de grappes ; à leurs familles, plus de larmes que ton champ ne voit mûrir de grains de blé, et, lorsqu'ils l'eurent placé dans ta main qui ne sentait pas le poids de ce trésor, ils partirent pour l'exil.

Ils partirent le deux décembre 1851 !

Oublier le souvenir de ceux-là, serait un acte d'odieuse ingratitude dont tu es incapable, voisin ! ne pas te servir du pouvoir qu'ils t'ont donné serait une sottise.

Il y'a en France un homme qui reçoit trente-six millions par an pour gérer les affaires et celles des autres ; tu ne l'as pas choisi, tu étais trop jeune pour cela ; je ne l'ai point choisi non plus et pour d'autres raisons, mais tu paies ta part et je paie ma part des trente-six millions. — En pièces de cent sous, trente-six millions pèsent cent quatre-vingts mille kilos. — Il te faudrait cent quatre-vingts paires de bœufs pour les traîner sur une route unie. — Donc, voisin, la sollicitude et les soins que cet homme, ton serviteur, doit donner à tes intérêts sont bien payés. — Tes affaires doivent être bien faites.

Si elles le sont mal, as-tu le droit de te plaindre? Oui!

D'abord, parce qu'on a d'autant mieux le droit de se plaindre du mandataire qu'on paie plus cher ses services, — c'est la loi et le bon sens qui le disent à la fois;—ensuite, parce que la Constitution, qui est la loi suprême, te donne ce droit. — Le chef du pouvoir exécutif est *responsable!*

Responsable! Entends-tu? C'est-à-dire que si tu n'es pas content de sa façon de faire, c'est à lui seul que tu peux et que tu dois t'adresser; c'est lui seul qui recueille tes félicitations quand il fait bien, s'il fait bien; c'est lui seul qui reçoit ton blâme quand il fait mal.

Devant la loi, comme devant la raison, il n'est ni un Dieu ni un demi-Dieu, il est tout simplement un homme dont les actes appartiennent à la nation, et comme tu fais partie de la nation, ses actes t'appartiennent.

Juge-les! c'est ton droit, c'est ton devoir.

Mais pour juger il faut savoir, et pour savoir il faut en pareil cas veiller et surveiller.

Le peux-tu par toi même? Non ! tu vis penché sur l'enclume ou la charrue , et si parfois tu te relèves essuyant ton front et cherchant le repos, tu as tout juste le temps d'aller jusque chez le percepteur lui porter l'argent nécessaire au gouvernement. Il te faut donc un autre toi-même veillant et surveillant pour toi, s'inspirant de tes besoins, essayant de deviner tes désirs, cherchant tes aspirations, prenant tes ordres et les faisant accomplir. Il te faut un homme, en un mot, qui te représente et te défende. Cet homme, c'est le député.

Oh ! je sais bien, voisin, que jusqu'à ce jour tu as cru que le député était autre chose. Je sais bien qu'en le voyant passer, tu as supposé qu'il était fait d'une autre façon que toi, qu'il pouvait à son gré puiser dans les trésors du gouvernement, donner à la commune qui lui plaît des clochers ou des cloches, des bannières aux orphéons, des ponts aux ruisseaux et aux rivières, des billets de mille francs aux sociétés de secours mutuels, des bourses ou des demi-bourses dans les écoles, obtenir des dégrèvements d'impôts pour les uns, laisser aux autres leurs enfants exemptés de la conscription, couvrir, en un mot, de faveurs roses ceux qui l'ont nommé, et trouver encore le temps de se couvrir, lui, sa famille et ses amis, d'honneurs, de places et de décorations ; je sais bien qu'en le jugeant ainsi tu t'es discrètement incliné devant la poussière qu'il soulevait en passant, et que tu te serais cru fort osé de lui demander compte aussi bien de ses largesses que de ses oublis. Mais tu te trompais, voisin, rien de tout cela n'était vrai.

Lorsque le député donne une cloche, c'est toi qui la paie; lorsqu'il fait construire un pont, c'est avec ton argent ; les billets de banque qu'il fait distribuer aux sociétés ouvrières sortent de ta poche ; c'est toi qui supporte les bourses et les demi-bourses dont d'autres profitent ; c'est toi qui solde en supplément sur les tiens les impôts dont il fait dégrever les autres, et c'est ton fils qui vient remplacer à l'armée celui qu'il a fait exempter. En un mot, quand il donne ou fait donner, c'est toi qui paie.

N'aie donc pas pour ses faveurs l'admiration naïve que je t'ai vu quelquefois, car les faveurs accordées aux uns sont des injustices dont les autres souffrent. Sache vouloir pour tous ce que tu souhaites pour toi, et sois assuré que ta conscience et ta bourse s'en trouveront mieux.

Ce qui t'a souvent trompé sur le député, son caractère et sa mission, c'est que tu ne vois peut-être pas bien d'où il vient et surtout d'où il devrait venir.

Un jour j'ai vu passer, au milieu de son cortége, un homme dont l'habit était brodé au collet, aux manches, à la poitrine, dans le dos, un peu partout. Toutes ces broderies n'enlevaient rien à la valeur de l'homme qui les supportait, mais ne lui en donnait aucune : cela devait simplement le gêner ; mais on me dit que cela faisait bien, et je me déclarai satisfait. Bref, il était blanc d'argent et il allait dîner.

Sa journée avait été laborieuse.

Depuis le matin jusqu'au soir il avait regardé de la tête aux pieds des jeunes gens de vingt ans nus et ennuyés. Toutes les fois qu'il en voyait un grand, bien fait, robuste, un véritable homme, il disait : Bon ! en voici un fort capable de donner ou de recevoir un coup de fusil ! Le jeune homme reprenait ses habits, s'ennuyait davantage et s'en allait ; il était soldat. — Lorsque, au contraire, ses regards rencontraient un pauvre être chétif, malingre, scrofuleux, une ébauche d'homme, il disait : Réformé ! Et le jeune homme enchanté d'être incapable de tuer ou d'être tué se rhabillait, rêvant à son prochain mariage et à ses enfants futurs.

Donc, après avoir marqué comme cela quelques centaines de gens bien portants pour recevoir la mort peut-être, et quelques centaines de rachitiques pour donner la vie... peut-être aussi..., M. le préfet, car c'était un préfet, allait dîner avec tous les maires du canton.

Le dîner fut plein de joie, aucun des jeunes gens bien portants n'y assistait ; il fut splendide (du moins on me l'a dit, car je n'ai jamais vu dîner un préfet). Et lorsque vint le dessert, nos généreux vins de France avaient effacé sur le front du haut fonctionnaire la dernière trace des fatigues de la journée.

D'une main ferme, il prit un verre dont le vin pétillait et riait, puis il dit : « Je bois à l'Empereur, je bois à notre député ! »

Les maires répondirent : « Buvons à l'Empereur, buvons à notre député ! » Et ils burent.

Pendant cette opération, un Monsieur décoré s'inclinait, confus et modeste, à la droite du préfet.

Le préfet poursuivit, après un silence bien naturel :

« Aucun de vous, Messieurs, n'ignore les bienfaits
« dont nous comble l'Empire, et je suis tous les jours
« plus satisfait et plus fier de votre inaltérable fidé-
« lité.

« Les emprunts se couvrent avec enthousiasme,
« notre budget annuel est à peine de deux milliards
« trois cents millions, nous n'avons pas plus de douze
« cent mille soldats, et c'est avec un orgueil bien lé-

« gitime que la France a vu élever de sept à neuf ans
« la durée du service militaire.

« Ce sera pour vous un bonheur infini, je le sais,
« que de témoigner à l'Empereur votre gratitude
« profonde. Je suis nommé par l'Empereur, vous
« êtes nommés par l'Empereur, et c'est pour l'Em-
« pereur, qui vous le désigne par ma voix, que vous
« choisirez et ferez choisir pour notre député M. X...,
« que je suis heureux de vous présenter. (Le Monsieur
« décoré s'inclina de nouveau.)

« J'ajoute, Messieurs, que je vous engage à faire
« partager à vos percepteurs, instituteurs, gendarmes,
« commis d'octroi, sergents-de-ville, gardes-champê-
« tres et cantonniers, l'enthousiasme qui vous dé-
« vore, et vous aurez, je le sais aussi, d'autant plus
« de liberté dans votre mission, que vous m'éviterez
« le désagrément d'accepter votre démission, dans le
« cas où vous seriez assez mal inspiré pour ne pas
« apprécier à sa juste valeur l'incontestable mérite,
« le silence prudent et les votes si constamment ap-
« probatifs de M. X... »

Le front rougissant de M. X... s'inclina pour la troisième fois.

Le lendemain, chaque maire revit sa commune, son percepteur, son instituteur, ses gendarmes, ses commis d'octroi, ses sergents-de-ville, son garde-champêtre et ses cantonniers, et leur dit : « Le député de l'Empereur, c'est M. X... » Il ajouta quelques paroles que mon narrateur ne put entendre, ou qu'il a eu la discrétion de garder pour lui ; mais, le surlendemain, chaque commune et chaque habitant savait que M. X... était le député de l'Empereur.

Ce que je t'ai raconté là, voisin, tu l'as vu peut-être aussi, hélas ! et tu n'as pas compris tout ce qu'il y avait de triste dans ce spectacle de quelques fonctionnaires faisant la leçon à tout un peuple ! tu n'as pas senti que l'homme respectable et couvert d'argent qui te désignait un député et prenait ton vote, venait te ravir la richesse que nos révolutions douloureuses t'ont donnée, et qui a coûté la vie à tant de grands et nobles citoyens ! tu n'as pas vu que c'était ta liberté que l'on confisquait au profit de celui qui gouverne !

Pauvre voisin ! tu n'as même pas tressailli à la pensée qu'on ne te trouvait pas capable de vivre par toi-même de la vie politique qui t'appartient, et que certaines gens se croyaient le droit et le pouvoir de penser pour toi !

Voyons, voisin, veux-tu m'entendre ? Électeur comme toi, je ne suis ni plus ni moins que toi. Devant l'urne du suffrage universel comme devant tous les droits du citoyen, il n'y a que des égaux ; tu peux donc m'écouter sans défiance. Lorsque tu auras lu, si tu crois que je suis dans l'erreur, prends mon livre et jette-le au feu, car l'erreur est mauvaise ; si tu sens que je dis vrai, agis et pense comme moi, car la vérité est toujours bonne.

D'où crois-tu donc que puisse venir ton député ? De l'Empereur ? Et pourquoi, s'il te plaît ?

Le chef d'un gouvernement sert la nation, il relève d'elle, il est *responsable* devant elle de toutes les fautes qu'il peut commettre, il lui appartient, en un mot, dans les limites ou le serviteur appartient au maître, et le peuple seul est maître de sa richesse et de sa vie ; lui seul peut tout. Il n'y a qu'une chose qu'il n'a pas le droit de faire, c'est d'aliéner sa liberté et son droit de surveillance et de contrôle ; il ne le peut, parce que ce sont là deux trésors dont il n'a que la jouissance et la garde, et qu'il doit laisser intacts à ses enfants comme il les a reçus de ses pères.

Tu es bien pour une part, sans doute, dans ce peuple dont je te parle ; tu as donc comme les autres ta portion de pouvoir et le devoir de surveiller les actes accomplis par le chef de l'État, car ces actes te touchent, et par les impôts, c'est toi qui comme les autres en paie les conséquences.

Et qui donc les surveillera si tu ne le peux toi-même ? Qui donc dira à l'Empereur et en ton nom : « Je ne veux pas qu'on fasse telle chose, ça coûte trop « cher ! Je ne veux pas que mon fils aille se battre à « tel endroit, c'est inutile, et sa vie m'est précieuse. » Et s'il survient un désaccord entre toi et lui, qui donc le jugera ?

Le député choisi par l'Empereur ?

Oh ! voisin, tu n'y songes pas ! Lorsque tu plaides, est-ce que tu laisses à ton adversaire la liberté de choisir le juge qui lui plaît ; est-ce que tu lui abandonnes le droit de nommer l'expert ou l'arbitre qui lui convient ?

Pourquoi donc laisserais-tu au chef de l'État le soin de désigner le député qui doit le surveiller, contrôler ses actes, défendre tes intérêts et lui dire ta volonté !

Est-ce que tu ne comprends pas que, s'il le choisit, ce député sera plutôt le sien que le tien, et que non-seulement il ne pourra plus être ton défenseur contre les erreurs de celui qui l'aura fait nommer, mais qu'il ne pourra plus même être un juge désintéressé ?

Donc, voisin, toutes les fois qu'on viendra te dire : C'est M. X... qui convient à l'Empereur, réponds hardiment : Merci ! C'est justement pour cela qu'il ne me convient pas et qu'il ne doit pas me convenir ! tu seras sûr de ne pas te tromper.

Peu importe, au reste, que ce M. X... soit un très-honnête homme ou non, un génie ou un idiot, la répulsion devra toujours être la même s'il est désiré par le chef de l'État, car c'est de toi et non de lui que doit venir le député.

C'est de toi, car ce sont tes intérêts, et non ceux d'un autre que le député surveille, c'est toi que son vote engage et lie, c'est toi qui paie de ton argent et de ton sang, c'est toi qui es l'électeur, la nation, le seul maître.

Mais tout cela, voisin, il n'est pas possible que tu ne l'aies pas compris et senti plutôt. Ces vérités, grosses comme des montagnes, ont dû déjà saisir ta raison ; et bien des fois, sans doute, dans le fond de ta conscience et sous l'empire de ton bon sens, tu t'es révolté contre les conseils qui te venaient du préfet, que te transmettait le maire, et que te portaient le garde-champêtre ou le facteur sous la forme d'un bulletin de vote. Pourquoi donc, aveugle ou insouciant, les as-tu suivis? Pourquoi as-tu abdiqué ta liberté? Pourquoi t'es-tu incliné, obéissant, aux volontés de ceux-là que ton argent solde, qui ne sont rien que par toi, et qui, directement ou indirectement, ne viennent que de toi.

Pourquoi ? Oh ! je vais te le dire avec la franchise d'un ami !

Tu as fait cela par intérêt et par crainte, deux sentiments mauvais dont tu ne t'es pas rendu compte, car tu n'aurais pas voulu leur obéir, si tu les avais bien compris.

« Si je ne vote pas pour M. X..., as-tu dit, on m'oubliera ; le gouvernement, qui doit être le riche et le seul riche, puisqu'il met tant d'argent au collet de ses fonctionnaires, gardera son or ; je n'aurai ni ponts, ni maison d'école, ni chemins nouveaux, ni tant d'autres choses que je souhaite pour la commune, et dont je profiterai. Alors, tu as voté pour M. X... »

Pauvre grand enfant !..... Est-ce que tu ne sais pas qu'on en dit autant dans *presque* toutes les communes de France ? Est-ce que tu crois être le seul à recevoir la visite d'un garde-champêtre ou d'un facteur ? Est-ce que tu ne sens pas que toutes ces promesses sont prodiguées à tous ? Est-ce que tu ne vois pas dans les journaux, — quand, par hasard, tu les lis, — que c'est surtout avant les élections que toutes ces générosités se produisent ? Si, n'est-ce pas ? Eh bien, alors, voisin, tu dois savoir ce qu'elles valent.

Ne te laisse donc plus aller à ce sentiment d'intérêt qui te trompe, n'attends et ne demande la faveur de personne, moins encore celle de ton député que d'un autre ; les faveurs accordées aux uns sont des injustices infligées aux autres. Demande-lui d'avoir l'esprit de justice et d'indépendance, et bientôt ta commune sera assez riche pour faire par elle-même ce que d'autres lui promettent à certains moments.

Si je ne vote pas pour M. X...., as-tu dis encore, j'encours la colère du garde-champêtre, et peut-être aussi celle de beaucoup d'autres, moins humbles et plus puissants que lui ! Alors, tu t'es rappelé les paroles murmurées à ton oreille par quelques-uns, et certains mots que des gens moins timides avaient dit tout haut. Certes, voisin, tu n'as pas eu peur : — je ne t'ai jamais fait l'injure de te croire poltron, —

mais un sentiment de crainte vague s'est emparé de toi, et c'est sous l'inspiration de ce sentiment triste que de tes lèvres sont tombés ces mots :

« Ma foi, ne nous faisons pas d'ennemis ! » Puis, tu t'es dirigé vers l'urne du vote, et tu as donné à M. le maire le bulletin qu'il t'avait envoyé !

Voisin ! si on allait te dire : Donne-moi tes bœufs, ou, sinon, tu auras affaire à moi, que répondrais-tu ? D'abord tu lèverais les épaules, puis tu lèverais peut-être le poing.

Eh bien, suis mon conseil : ne lèves jamais le poing (il faut laisser la violence aux gens qui n'ont pas d'autre force), mais si par un hasard qui ne se présentera plus je l'espère, un homme quelconque, riche ou pauvre, puissant ou impuissant, brodé ou non brodé, voulant obtenir ton vote, faisait entendre une seule parole qui ressemblât à la menace ou à la séduction, réponds-lui nettement :

« Monsieur, vous voulez m'extorquer ou me filouter le plus précieux de mes biens, ma liberté, je vais demander au tribunal de police correctionnelle de vous appliquer un ou deux ans de prison, et, au besoin, cinq mille francs d'amende (1). »

Sois-bien sûr, voisin, que si tu lui réponds ainsi, ce monsieur se déclarera parfaitement satisfait et n'insistera pas.

Celui-là seul est fort qui puise sa force dans la loi ; celui-là seul qui s'abrite derrière le droit peut dédai-

---

(1) ART. 38 de la loi du 2 février 1852 : « Quiconque aura donné, promis ou reçu des deniers, effets ou valeurs quelconques, sous la condition soit de donner ou de procurer un suffrage, soit de s'abstenir de voter, sera puni d'un emprisonnement de trois mois à deux ans, et d'une amende de 500 à 5,000 francs. — Seront punis des mêmes peines, ceux qui, sous les mêmes conditions, auront fait ou accepté l'offre ou la promesse d'emplois publics ou privés. — **Si le coupable est fonctionnaire public, la peine sera du double.** »

ART. 39 de la même loi : « Ceux qui, soit par voies de fait, violences ou menaces contre un électeur, soit en lui faisant craindre de perdre son emploi ou d'exposer à un dommage sa personne, sa famille ou sa fortune, l'auront déterminé à s'abstenir de voter, ou auront influencé un vote, seront punis d'un emprisonnement d'un mois à un an et d'une amende de 100 fr. à 1,000 fr.; **la peine sera du double si le coupable est fonctionnaire public.** »

gner les menaces, et seul aussi l'homme qui croit à la justice est sûr de ne pas succomber aux tristes attaques de la séduction.

Il n'y a qu'un nom, voisin, qui soit aussi beau que celui de la justice, c'est celui de sa fille : la Liberté ; invoque l'une et tu auras l'autre.

Voisin ! si ton esprit a bien voulu me suivre, si ta raison, à laquelle je m'adresse, a froidement jugé mes paroles, si ton bon sens les a accueillies, tu peux répondre aux deux premières questions que je te posais, et dire :

« Le député n'est que mon défenseur et mon man-
« dataire, — il m'appartient, car il vient de moi,
« et rien que de moi ! »

Ta réponse ne l'humiliera point ; car, s'il est souvent pénible d'être le serviteur d'un homme, et toujours honteux d'être son valet, le double titre de serviteur et de représentant d'une nation est glorieux par-dessus tous les autres.

Veux-tu que nous causions encore ; veux-tu que je te dise ce que je pense de la mission que tu dois lui donner à l'heure solennelle où, plaçant dans l'urne ton bulletin de vote, tu viens lui dire ces paroles, si dignes de son respect : « *Au nom du peuple qui t'envoie, pars et lutte pour lui !* »

Oui? Tant mieux ! et merci ! car je suis électeur comme toi, et nous avons intérêt à nous entendre : celui qui te servira me servira.

QUELLE DOIT ÊTRE LA MISSION DU DÉPUTÉ ?

Il n'est pas de question plus grave que celle-là, voisin ! de la façon dont tu la comprendras doit dépendre ton avenir et celui de la France.

Les nations sont ce que chaque citoyen qui les compose sait et veut les faire. Là où chaque homme soucieux en même temps de son bien-être et de sa dignité, vit de la vie publique, dans le pays où chacun s'intéresse au sort de tous, en même temps qu'au sien propre, règnent invariablement la paix et la richesse ; lorsque, au contraire, le citoyen paresseux, endormi et craintif, s'en remet à un seul homme du soin de son bonheur, lorsqu'il lui dit : « *Agis comme tu l'entendras, voici trente-six millions qui t'aideront à supporter la peine que tu te donnes pour moi,* » la nation est livrée toute entière aux hasards d'une conscience toujours fragile, puisqu'elle est humaine, et aux caprices malheureux d'une raison que la maladie peut détruire, quand l'âge ne la tue pas d'une façon toute naturelle.

Lorsqu'il en est ainsi, voisin, l'avenir est plein d'incertitude, chacun se consulte effrayé du lendemain, le commerce inquiet n'ose plus se livrer aux chances fécondes des transactions, l'industrie craintive laisse sommeiller ses usines et ses manufactures, et comme il y a toujours chez chaque peuple, de même que chez chaque citoyen, une force et une ardeur qui veulent être utilisées, les gouvernants cherchent alors dans les hasards monstrueux de la guerre un assouvissement à son besoin d'action : — pour vivre, on tue !

Lorsque pour un peuple sonne l'heure fatale où le prend cette fièvre, il n'est que temps pour lui de chercher le remède.

Certes, si je devais te parler de toutes les libertés mortes depuis vingt années, et dont ton député doit avoir la mission de ranimer les cendres, si je devais compter et te montrer les impérieux besoins dont chaque citoyen attend en vain la satisfaction légitime, et qu'il doit s'efforcer de reconquérir pour toi, j'aurais à te parler pendant de longues heures. Je n'en ai pas le loisir, voisin ; chacun de nous, d'ailleurs, doit s'habituer à penser et à vouloir par lui-même, et c'est en obéissant à tes propres aspirations et en réfléchissant à tes droits méconnus que tu dois songer aux ordres que tu donneras à ton député.

Mais il est une question tellement pleine de périls de toutes sortes que tous les électeurs de France doivent la juger avant l'heure du vote, et c'est de celle-là que je viens te parler.

Dans notre France laborieuse et bonne, au milieu des trente-six millions d'habitants qui vivent sur son sol fertile, il est un homme fragile et variable, comme tout ce qui est humain, dont la main s'appuie sur douze cent mille soldats, et qui, pendant neuf années de leur vie peut les jeter aux hasards de la guerre, aujourd'hui, demain, quand il voudra.

C'est celui qui disait naguère que la grandeur d'une nation se mesurait au nombre d'hommes qu'elle pouvait mettre sous les armes, oubliant sans doute qu'il proclamait ainsi le triomphe de la force sur le droit et la déchéance de la raison.

Sens-tu, voisin, tout ce qui peut fermenter dans la pensée d'un être qui a douze cent mille soldats, lorsque ces soldats, tes fils, sont les premiers du monde ? Comprends-tu bien à quelles invitations terribles sa conscience doit résister pour ne pas élever à la hauteur d'une institution vénérable la guerre, ce meurtre règlementé ?

Hélas ! n'en avons-nous pas fait déjà la cruelle expérience, et par deux fois déjà dans le même siècle, n'avons-nous pas été la victime de cet entraînement fatal des forces accumulées dans une seule main?

Écoute-moi, car ce sont des chiffres que je vais te montrer, et les chiffres ont parfois l'austère, l'invincible éloquence devant laquelle tout s'incline.

Lorsque, dans le monde monarchique du XVIIIe siècle, se dressa la Révolution française, proclamant les droits de l'homme et du citoyen, tous les rois de l'Europe voulurent étouffer sa grande voix. Autour de ses frontières se groupèrent les soldats des pouvoirs absolus. Au moment où ils mirent le pied sur son sol, la France, indignée sous la menace, tressaillit; elle enfanta quatorze armées : Paysans, ouvriers, bourgeois, tous hommes devenus libres et combattant pour leur liberté, furent soldats ; et, pendant les deux immortelles années de 1791 et 1792, le monde, étonné, contempla le spectacle sublime et la déroute étrange de tous les monarques du vieux monde, fuyant devant les citoyens d'hier.

Le sol de l'Europe était jonché de couronnes qu'on ne ramassait pas !

C'était l'heure où les représentants du peuple, au nom de la République et de la nation, appelaient les citoyens aux armes, où les enfants, les vieillards et les femmes saisissaient le fusil et déchiraient la cartouche ; ou les infirmes pleuraient de ne pouvoir partir ; l'heure où le plus humble de France se savait l'égal des hommes couronnés ; où, dédaignant les vieilles formules de la diplomatie, le simple soldat devenait plénipotentiaire ; où le grenadier de l'amiral Latouche répondait au roi de Naples, qui l'écoutait debout : « *La République ne veut de médiation entr'elle et ses ennemis que la victoire ou la mort* ; » l'heure où l'âme de la nation rugissait la *Marseillaise* et conviait *les Enfants de la patrie* à la défense du sol sacré que l'étranger avait osé fouler.

Alors, voisin, la France était invincible ; elle combattait pour l'intégrité du foyer et pour la liberté nouvellement conquise. Chaque atelier, chaque sillon voyaient naître un soldat ; trente mille hommes avaient été le noyau de quatorze armées. Puis un homme vint qui jura de servir la République et se fit Empereur. Il trouva sur sa route les immortels bataillons de la première heure et les prit.

Quelques années s'écoulèrent pendant lesquelles il les dispersa dans tous les fossés des champs de bataille. Quand il n'y en eut plus, il en demanda d'autres : la France les lui donna. Cet homme qu'on appelait autrefois Napoléon le Grand, et que, depuis dix-huit ans, on nomme plus simplement Napoléon Ier, reçut d'elle :

En 1804.............	60,000 hommes.
En 1805.............	140,000 —
En 1807	160,000 —

A cette époque déjà, la France épuisait son trésor humain, car c'est sur la classe de 1808 qu'on l'autorisait à prendre, en 1807, 80,000 hommes.

En 1808, il en reçut		....	240,000
En 1809	—	....	76,000
En 1810	—	....	160,000
En 1811	—	....	120,000

Dans huit ans, la nation lui avait donné neuf cent cinquante-six mille hommes, et ce n'était pas assez !

1813 apporta ses revers, et la France, épuisée, fut encore sollicitée par lui. Le sénat, ce sénat qui devait si cruellement l'insulter après sa chute, fouilla dans chaque famille, prit à chaque foyer les derniers hommes valides, et par cinq sénatus-consultes, cinq décisions de cet auguste corps, il versa dans ses mains un million quarante mille conscrits.

La France avait donc mis sous les armes, dans l'espace de *onze* années, *un million neuf cent quatre-vingt-seize mille* soldats, mais elle les avait remis à la volonté d'un homme ; et cet homme, qui avait trouvé la France grande, fière, riche, libre, la laissait haletante, épuisée, pauvre et envahie. Les étrangers, qui avaient fui devant elle, rentraient à cheval dans sa capitale, et, tandis que les derniers ouvriers ou paysans valides se faisaient tuer en désespérés, les sénateurs de l'empire tombé recevaient les Cosaques de l'empereur de Russie, et ils auraient volontiers ciré leurs bottes, si ces derniers l'eussent désiré.

Voisin, lorsque tu liras l'histoire splendide de la résistance qu'opposa la France républicaine à l'envahissement du pays qu'elle avait su faire libre, et que tu sauras aussi toutes les humiliations qu'entraîna pour nous la fureur batailleuse d'un seul homme, tu auras envie de pleurer ; mais, en revanche, tu comprendras quel jeu terrible et malhonnête c'est que la guerre, lorsqu'elle n'est pas faite pour le sol qu'on défend, et tu en auras horreur !

Veux-tu savoir maintenant combien d'hommes sont morts *dans dix ans* de cette guerre atroce qu'un Empereur dirigeait à sa volonté ?

Quelque chose comme *cinq millions huit cent mille*, et tout cela pour arriver à l'invasion et à la ruine : car tu paies encore le décime de guerre de ce triste temps.

Voisin, achète le portrait de celui qui nous apprit à semer la pomme de terre, achètes-le et mets-le dans ta chambre, à la place d'un autre. En le voyant, tu te diras qu'il vaut mieux aimer celui qui fait vivre que celui qui tue.

Cinquante années se sont écoulées depuis l'époque affreuse dont je te parlais. Avons-nous profité de l'expérience de nos misères ? J'ose à peine poser cette question, voisin, tellement la réponse est triste.

Le 20 décembre 1848, un homme montait à la tribune de l'assemblée nationale et disait :

« *En présence de Dieu et devant le peuple français,*
« *représenté par l'Assemblée nationale, je jure de*
« *rester fidèle à la République démocratique une et in-*
« *divisible, et de remplir tous les devoirs que m'impose*
« *la constitution.* »

Le 9 octobre 1852, à Bordeaux, dans un banquet, le même homme prononçait les paroles suivantes..... « Certaines personnes se disent : l'Empire, c'est la guerre ; moi je dis : l'Empire, c'est la paix. »

Le 2 décembre 1852, il se fit Empereur.

Depuis ce temps-là, voisin, nous avons bataillé dans les quatre parties du monde.

Qu'est-ce qui nous en reste ? Cherchons !

Tes frères se sont battus en Crimée. La moitié d'une armée y dort sous la terre, mais ils dorment en Russie, car cette terre ne nous appartient pas.

Ils se sont battus en Italie, une première fois contre l'Autriche, qui gardait le pape ; une seconde fois contre les Italiens, qui ne voulaient pas le garder ; une fois pour la liberté d'un peuple, une autre fois contre la liberté de ce peuple.

A Solférino, à Mentana, nos frères sont morts ou ont tué, nous ne savons plus aujourd'hui pour qui ni pourquoi !

La terre qui recouvre leurs ossements est à l'Italie ou au pape. Nous n'avons là-bas ni terrain, ni amis. Il nous reste le souvenir des morts et les larmes de leurs familles.

Tes frères ont traversé les mers emportant un archiduc d'Autriche pour aller au Mexique en faire une bouture d'Empereur. Fièvre jaune, vomito-negro, balles libres d'un peuple qui se défendait, tout cela a décimé notre armée ; il a fallu revenir, réduits d'argent et d'hommes, tristes de toutes façons. L'archiduc y est resté, jugé et frappé à mort : — il n'avait qu'à ne pas y aller ; — mais, hélas ! nos soldats y sont restés aussi, et c'est là une horrible douleur pour une nation que de ne même pas savoir pourquoi tant d'êtres jeunes et généreux lui sont ravis à toujours.

En Chine, oh ! c'est plus triste encore, voisin, car c'est malhonnête ; nos soldats ont été conduits au pillage, et l'on a vu, pour la première fois peut-être depuis des siècles, des officiers français chassés de leurs régiments par la probité révoltée de leurs camarades, parce qu'ils avaient eu l'impudeur de se faire marchands de bric-à-brac des objets précieux qu'ils avaient violemment collectionnés là-bas.

En Cochinchine, on se bat encore ; en Algérie, on se bat toujours plus ou moins, et nous ne savons plus, en définitive, que faire la guerre, depuis qu'on nous a dit, en 1852, que l'Empire c'était la paix !

Ce qui te reste de tout cela, voisin, je vais te le dire.

Il te reste une armée de douze cent mille hommes dans laquelle est ton frère, et dans laquelle ton fils rentrera un jour, car tu es pauvre, et c'est le fils du pauvre qui se fait tuer pour l'enfant du riche ;

Une armée qui peut-être demain se battra, et qui ne sait pas aujourd'hui le nom de ceux contre lesquels ses armes se tourneront ;

Une armée que tu formes avec ton sang, que tu habilles et que tu nourris de ton argent, et qui tuera peut-être des hommes que tu aimes, ou d'autres que tu aurais aimé si tu les avais connu ;

Une armée qui vient de toi, qui est intelligente, bonne, généreuse comme toi et dont tu vis cependant séparé, car, du jour ou ton frère prit un pantalon rouge, dans ton patois tu as dit : *Queï ün soudar*; et il a répondu en parlant de toi : *c'est un pékin*.

Une armée faite pour défendre le sol, la famille, la patrie, mais qui ne pourra revenir au foyer domestique revoir les parents regrettés, travailler à la terre fertile qu'après neuf ans et demi de courses stériles ou cruelles. Et combien, hélas ! ne reviendront pas.

Hier, voisin, au moment où tu quittais le labour, ta femme allait à ton avance ; elle conduisait par la main ton plus jeune fils, ce petit enfant de cinq ans qui déjà sait être utile en surveillant ton troupeau. Cheminant vers ta demeure, tu le regardais marcher devant toi et tu disais : « Femme ! vois comme il est fort, et quel fier homme il sera dans quinze ans ! » Pendant quinze ans encore, en effet, tu le verras grandir avec orgueil, tu l'aimeras et le caresseras, puis, au bout des quinze ans, on le mettra en face d'un fusil. Misère ! il y en a qui tuent douze hommes par minute !

Voilà, voisin, de quoi est fait ce qu'on nomme la gloire.

La gloire ! quel mot, et combien la chose qu'il couvre est triste lorsqu'on la regarde de près.

Je te disais tout-à-l'heure que nous avions combattu en Crimée et que nos frères morts dormaient sous une terre qui ne nous appartient pas, je m'étais trompé : ils n'y reposent même plus. Lorsque la lutte a été finie, les monarques qui s'étaient battus en se jetant à la tête des fils d'ouvriers et de paysans, se sont fait des politesses ; ils se sont fraternellement assis à la même table, ils ont échangé des poignées de mains ; et, pendant ce temps de fêtes et de sourires officiels, d'autres hommes fouillaient les champs de batailles de la Crimée, ramassaient les débris qu'avaient accumulés la guerre, et des vaisseaux, sans canons cette fois, rapportaient nos frères morts et remués à la pelle pour enrichir d'autres rivages de leurs restes livrés au commerce. (1) Des os de nos soldats on faisait du phosphate de chaux pour l'Angleterre ; la guerre les a pris vivants et forts, l'exil les garde fumier. Oui, voisin, quand on a tué cent mille hommes et que quelques années se sont écou-

(1) Moll. Assainissement des villes.
De Gasparin. Cours d'agriculture. t. 1, page 525.
Victor Meunier. *Opinion nationale,*
Robierre. L'Atmosphère, le Sol et les Engrais, p. 215.

lées depuis le meurtre, c'est du fumier qui reste. — Voilà la guerre! Voilà la gloire!

Si ce résultat te plaît, mon pauvre ami, vote pour le candidat de l'Empereur.

S'il ne te plaît pas, vote contre, choisis le tien et donne-lui tes ordres.

Mais ce résultat, le connais-tu seulement pour le juger? Non! — Non, car tu ignores ce que coûte la guerre et les noms des rares hommes auxquels elle profite.

Tu veux des chiffres, n'est-ce pas? en voici :

En France le budget de la guerre est de *huit cent trente-trois millions*, c'est-à-dire que chaque année nous payons 833 millions pour être prêts à tuer le plus grand nombre de gens possible.

La France donnant l'exemple aux autres nations, ou suivant celui des autres, l'Europe entière est sous les armes. Cinq millions d'hommes environ s'y regardent d'un œil irrité. Cinq millions d'hommes y sont prêts à s'ouvrir le ventre ou la poitrine; sur ces cinq millions il n'y en a pas un qui sache au juste pourquoi. Eh bien! voisin, cette colère sans but et sans raison, cette menace perpétuelle que s'adressent idiotement des hommes faits pour s'aimer et non pas se haïr, coûte tous les ans à l'Europe une somme ronde de *neuf milliards* ou à peu près. Il te faudrait atteler *quatre-vingt-dix mille bœufs* pour traîner chaque année à la table de la guerre les milliards qu'elle dévore; si tu les mettais à côté les uns des autres, bien pressés, bien tassés, ces *quatre-vingt-dix mille bœufs* couvriraient une propriété de *quarante-cinq hectares* ou *cent douze journaux et demi* de l'ancienne mesure du Périgord. Voilà !

Oui, voisin, voilà ce que coûte la guerre, et *tous les ans !* voilà ce qu'il faut prendre aux sueurs et au travail de celui qui produit, pour que sur la terre d'Europe si généreuse, si féconde, se promènent ou se battent des hommes jeunes et vigoureux qui nous quittent avec regret et ne nous reviennent pas toujours.

Qui donc paie ces folies ridicules? toi ! moi, nous tous !

Je t'ai dit que depuis *cinquante-quatre ans* nous payons sur nos impôts le décime de guerre qui suivit l'invasion que nous valut l'homme dont on fête le centenaire aujourd'hui ; c'est le souvenir le plus réel que nous ait laissé le premier empire.

Le second empire a trouvé que c'était peu de chose et il s'est mis à emprunter. Pour faire la guerre, il faut toujours emprunter, au risque de faire payer par nos petits enfants des dépenses qu'ils n'auront pas autorisées et qui leur sont étrangères.

« En trois années le pouvoir a contracté pour *trois*
« *milliards cinquante millions* d'emprunts, cela fait
« *deux cent trois millions* 333,333 francs par an,
« *seize millions* 944,444 francs par mois, *trois mil-*
« *lions* 910,256 francs par semaine, 556,677 francs par jour ! (1) *Cinq cent cinquante-six mille six cent soixante-dix-sept francs*, c'est la goutte d'or qui tous les jours tombe des flancs ouverts de la France !

---

(1) Calculs d'A. Leroy, laboureur (Pas-de-Calais).

Dans les Landes, un coup de hache ouvre le corps des grands sapins verts. Les pleurs de l'arbre coulent en résine argentée. Si la blessure est légère, l'arbre vit et donne; mais lorsque le fer a fouillé jusqu'au cœur, lorsque sa sève s'échappe à flots sous la hache qui la meurtrit, le sapin meurt et tombe épuisé.

Voisin, la France est forte encore, elle peut réparer ses blessures, et sa sève puissante lui promet longue vie ; mais il ne faut pas qu'après avoir déchiré sa vigoureuse écorce, la cognée de l'emprunt lui mette le cœur à nu. Arrête donc le bras de celui qui frappe, il n'est que temps !

Mais qui donc recueille cette pluie d'or ? Qui donc s'enrichit de tant de sacrifices ? Où sont les heureux qui reçoivent, lorsque tant de malheureux donnent ?

Ne les cherche pas autour de toi, tu ne les trouverais pas.

Laisse-moi t'en indiquer quelques-uns, cela t'aidera à deviner les autres.

Le *maréchal Vaillant* touche par an 228,000 francs,

plus 40,000 francs environ en logement, chauffage, etc.......................... TOTAL 268,000 fr.

M. Mac-Mahon, 168,000 francs, plus 17 rations de cheval par jour (à 2 francs l'une, 12,410 francs par an), logement et accessoires, 25,000 francs 225,000

Le général Fleury, 119,000 francs, — rations, logement, etc., environ 30,000 francs.................... TOTAL 149,000

M. Edgard Ney, même somme...... 149,000

M. Canrobert, 163,000 francs, — 17 rations, logement, etc., en tout.... 200,000

Le maréchal Baraguay-d'Hilliers, même somme.......................... 200,000

Le maréchal Bazaine, *idem*.......... 200,000

M. Regnault de Saint-Jean-d'Angély, *idem*............................... 200,000

Le général de Goyon touchait 168,000 francs, — 6 rations de chevaux, 14,380 francs, logement et accessoires, 25,000 francs......... TOTAL 197,000 (1)

Arrêtons-nous, voisin ; additionne, tu trouveras au total...................... 1,788,000 fr.

Ainsi, *neuf* personnes consomment chaque année près d'*un million huit cent mille francs*, et la France est obligée d'immobiliser un capital de *trente-six millions* pour leur servir cette rente. Certains d'entr'eux reçoivent près de *sept cent trente-quatre francs par jour* ; le soldat reçoit dans les même vingt-quatre heures *un sou*, de telle sorte qu'il y a en France des hommes auxquels on donne près de *quinze mille fois* autant qu'à d'autres, et qui, en échange, ont beaucoup moins de chances de se faire tuer que ces derniers.

Qu'en dis-tu, voisin ?

Je n'ai fait que choisir un exemple, et j'en pourrais trouver bien d'autres ; je pourrais te montrer

(1) Louis Dagé, du journal l'*Émancipation*.

l'humble prêtre qui dit la messe de l'Empereur et lui fait des sermons bien sentis sur le détachement des biens périssables de ce monde et les mérites de la pauvreté, recevant pour cela seul un modeste traitement de cent mille francs; des veuves de millionnaires, millionnaires elles-mêmes, recevant des pensions de vingt mille francs; mais le premier exemple ne te suffit-il pas pour te faire comprendre que la guerre qui tue nos frères et dissipe notre argent semble n'être faite que pour prendre à tous et donner à quelques-uns?

Et ces quelques-uns, qui sont-ils?

Avant tout, des gens de guerre, c'est-à-dire des hommes qui cherchent à détruire le plus promptement possible le plus grand nombre d'êtres humains que leur permettra de le faire le perfectionnement des armes. Étant donné un fusil qui tue douze hommes dans une minute, l'officier qui, par une manœuvre habile, lui en fera tuer vingt-quatre sera le mieux noté : on lui offrira une couronne ou une dotation, — que tu paieras, — et son traitement de 260,000 francs deviendra insuffisant pour de si beaux services ; l'année prochaine peut-être on le portera à 300,000.

Pendant ce temps d'enthousiasme guerrier, que deviendra le commerce? que deviendra l'industrie? que deviendra l'instruction publique?

Le commerce restera ce qu'il est aujourd'hui ; timide, craintif, il vivotera pour ne pas mourir tout-à-fait, et les transactions se restreindront chaque jour davantage en présence des fusils chargés.

L'industrie n'osera pas mettre un sou dehors, parce qu'elle ne peut produire qu'avec la paix et la sécurité. La Banque de France gardera, demain comme aujourd'hui, dans ses caves, le milliard qui y dort inutilisé, perdu pour tous.

Quant à l'instruction publique, elle se mourra de dégoût et d'épuisement.

Tiens, voisin, au moment où j'écris le mot d'instruction publique, je ressens le serrement de cœur qu'inspire tout acte d'odieuse ingratitude.

Tu vas me comprendre :

Il y a cent ans à peu près, un peuple immense naissait : c'était le peuple républicain de l'Amérique. Ses États-Unis ont subi toutes les luttes ; depuis leur naissance, les jalousies, les craintes, les manœuvres du monde monarchique les ont sans relâche assaillis. Il leur a fallu s'établir, se développer, se fortifier au milieu des attaques de toutes sortes : ils ont réussi ! Cela devait être, parce que chez eux tous les citoyens sont capables de vivre de la vie publique, de la comprendre et de la juger. Il n'y a pas d'ignorants en Amérique, le dernier bouvier sait écrire et lire. Il ouvre un journal et suit de l'œil la conduite de son député ; s'il en est satisfait, il lui continue les pouvoirs qu'il lui a donnés ; s'il en est mécontent, il en choisit un autre. Il juge lui-même et n'emprunte la pensée de personne. Si un préfet venait lui dire : — Prends celui-là, c'est le meilleur ! il sourirait. Si un sergent-de-ville pénétrait chez lui porteur d'un bulletin officiel, il le regarderait entre les deux yeux et lui dirait : — Vas-t'en ! Si un garde-champêtre essayait de le corrompre ou de l'intimider, il le prendrait au collet et le conduirait devant un des tribunaux de l'Union. Bref, il est homme, il se sent citoyen et il agit comme tel, sûr d'être l'égal de tous, et désireux de ne plier devant personne.

D'où lui vient cette fierté? De l'instruction !

L'Amérique a *cent cinquante mille instituteurs ou institutrices* ; chez elle, c'est à flot que l'État répand la lumière pour tous. Celui qui instruit les enfants du pauvre est le plus vénéré des citoyens ; chacun sent qu'il porte en lui l'avenir de la nation, l'espoir des races futures, la moralité de ceux qui naîtront demain à la vie sociale; aussi, en Amérique, l'instituteur dans l'aisance mène une existence honorable, et sa vieillesse se repose à l'abri du besoin. Chez nous, voisin, il n'en est pas ainsi ; des hommes qui donnent à ton fils tout ce qu'ils possèdent dans l'esprit et le cœur de noble et de bon, reçoivent de l'État 300 francs, puis 300 francs de la commune, en tout 600 francs, *soit trente-trois sous par jour*, tout juste ce qu'il faut pour ne pas mourir de faim ! Puis, lorsque l'âge vient éteindre leurs forces et leur dévouement, lorsqu'ils disent au gouvernement : « Je suis vieux, infirme, lassé par le travail et les ans, donnez-moi, je vous en prie, une retraite qui me fasse vivre, » le gouvernement qui ne leur voit ni épaulettes, ni sabres, ouvre la bourse d'où il sort chaque année les millions destinés aux généraux et à tant d'autres hommes dorés sur toutes les coutures, puis il laisse tomber sur les genoux débiles du vieil instituteur une retraite de... *trente-huit francs.*

Oh ! je n'exagère rien, voisin, hélas ! je le voudrais pour l'honneur de notre France, mais ces faits sont malheureusement trop réels, et si tu en doutes, lis :

Dans un décret impérial approuvant soixante-neuf liquidations de pensions civiles, en date du 19 février 1869, figurent l'institutrice de *Billères* (Basses-Pyrénées), *trente-cinq ans de services*, pension de retraite, *trente-huit francs* ; et l'institutrice de *Queige* (Savoie), *quarante-cinq ans de services*, pensionnée à *soixante-sept francs !*

A un militaire haut gradé, deux cent soixante-huit mille francs par an.

Au soldat, un sou par jour.

A l'institutrice vieillie par trente-cinq ans de nobles et féconds travaux, trente-huit francs de retraite.

Au maréchal de France, *sept cent trente-quatre francs par jour* ; à l'institutrice retraitée, *quelque chose comme deux sous.*

Voisin, voilà la France !

La voilà telle que nous l'ont faite les députés de l'Empire, les candidats des préfets, les hommes que tu ne connais pas et que l'on t'impose. La voilà résumée en quelques mots : *trois milliards d'emprunts, deux milliards trois cents millions de budget* pour donner à un militaire 734 francs par jour, *et deux sous environ à une institutrice.*

Le mal est là avant tout, c'est là que tu dois porter le remède et tu le peux si tu veux.

Le député vient de toi et de toi seul !

Il est ton mandataire et ton défenseur !

Il doit recevoir tes ordres et les faire exécuter !

Donne-les lui donc et que ton vote signifie par le nom qu'il portera : *Diminution des armées permanentes pour arriver à leur suppression complète.*

Par ces seuls mots, s'ils sont obéis, tu diminueras tes impôts de moitié, et reportant sur l'instruction publique un quart seulement du budget de la guerre, tu auras fait de la France, et dans quelques années, une nation aussi instruite qu'elle est ignorante aujourd'hui. Ce jour là, voisin, notre pays n'aura plus à mendier des libertés qui lui appartiennent, il saura les reprendre sans faire couler une larme ou tirer un coup de fusil, car le peuple éclairé n'aura plus besoin que d'écrire sa volonté souveraine sur un bulletin de vote.

L'urne du suffrage universel attend ta décision ; s'il te convient de t'en remettre éternellement au facteur ou au garde-champêtre du soin de te donner le bulletin que tu dois y déposer, fais-le, car personne n'a le droit de te violenter, même pour t'inviter à bien faire ; mais ton insouciance ou ta crainte seront les sentiments d'un mauvais citoyen.

En agissant ainsi, tu te montreras ingrat envers ceux qui sont morts pour te conquérir le droit de parler et de vivre en homme libre ; tu abandonneras au hasard le soin de défendre tes intérêts les plus chers et les plus respectables, ta fortune, la vie de tes fils et notre liberté à tous ; tu laisseras aux mains d'un seul homme le pouvoir qui appartient à la nation entière et tu redeviendras ce que tu étais il y a vingt et un ans, l'homme qui n'a pas de droit.

Si, au contraire, tu sens se réveiller en ton âme le sentiment de la dignité civile, si tu comprends à quelle catastrophe nous conduit l'oubli de nos devoirs de citoyens, si tu veux, en un mot, comme tu en as le pouvoir et l'obligation, vivre en homme et non pas en sujet, tu choisiras pour te représenter, non pas le candidat de l'Empereur ou du préfet, mais le candidat de la démocratie.

Vas, luidiras-tu, vas défendre mes droits ! Demande en mon nom le compte de l'argent que je donne, surveilles-en l'emploi ; dis à ceux qui me servent que j'ai assez pleuré sur les milliers d'enfants que la guerre nous a ravis, et que je n'en veux pas en voir disparaître d'autres dans le gouffre que creusent les canons. Dis-leur que mon sang m'appartient, que je refuse de le livrer aux caprices des champs de batailles, et oblige-les à reporter les trésors qu'engloutissent inutilement les armées *sur les soldats de la paix qu'on nomme les instituteurs.*

Le candidat de la démocratie t'entendra, et, comme il est libre, il t'obéira.

Ton bonheur ou ton malheur, ta richesse ou ta ruine, la vie ou la mort de tes enfants, tout cela est dans ta main.

Choisis !

Louis MIE, *avocat.*

PRIX : 60 centimes.

NOTA. — Toute demande de 25 exemplaires jouira d'une remise de 10 c. par brochure.

www.ingramcontent.com/pod-product-compliance
Ingram Content Group UK Ltd.
Pitfield, Milton Keynes, MK11 3LW, UK
UKHW020346220726
13923UKWH00004B/1568